# シマとの対話

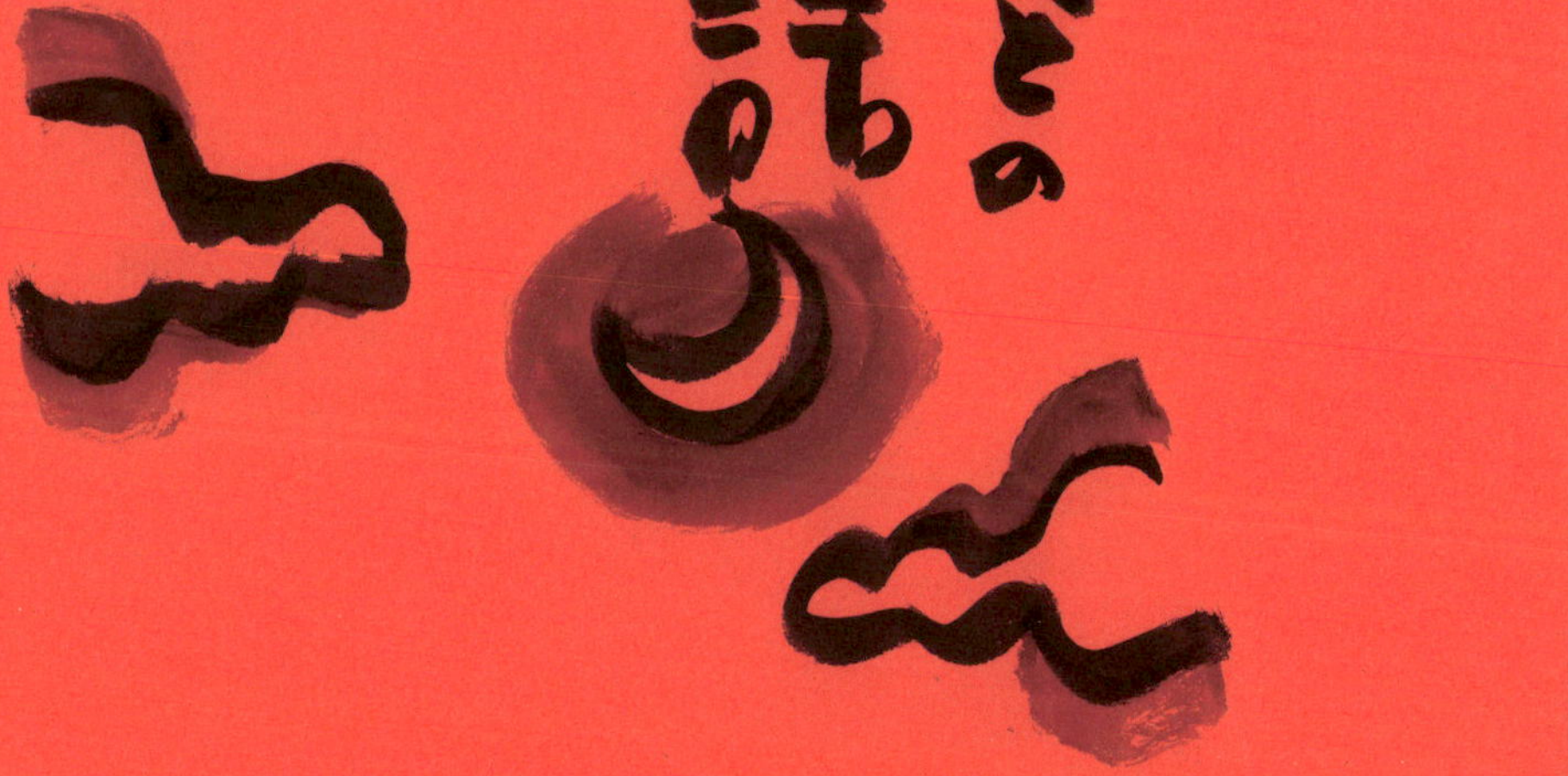

平田大一

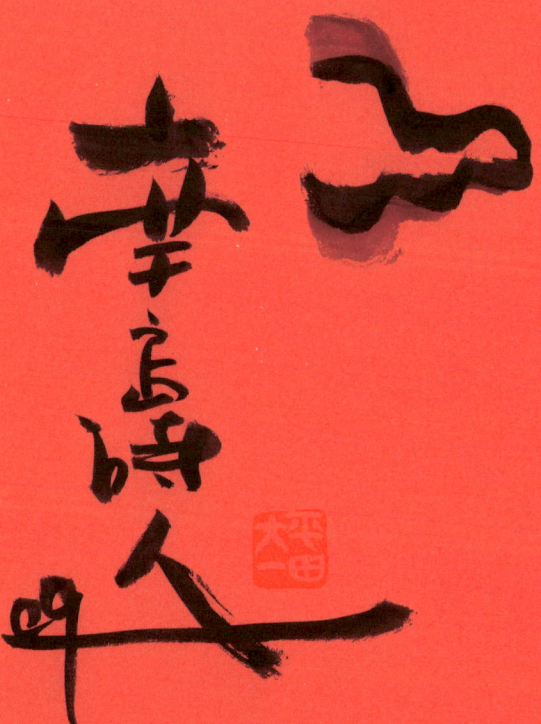

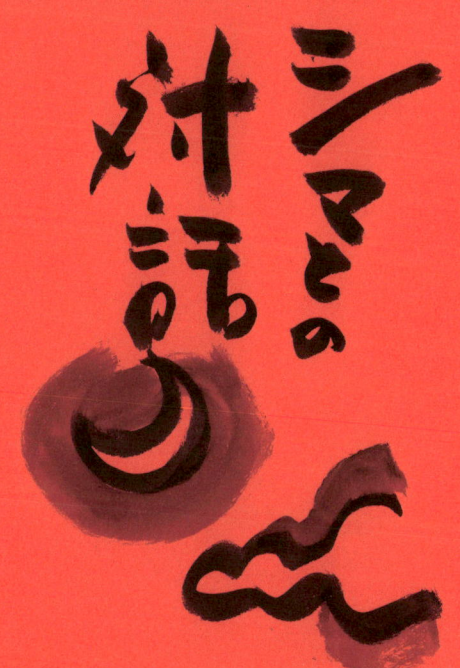

# シマとの対話

【琉球メッセージ】

Dialogue with Ryukyu


文・平田大一
text by HIRATA Daiichi

写真・桑村ヒロシ
photo by KUWAMURA Hiroshi



ボーダーインク

# 前略　南《ぱい》ぬシマジマ

Prologue “Dear Southern Islands”

遠い空の下で書くこの便りが
誰の元に届くのか僕は知らない

寒い空の下で頑張る君のもとに
必ず降りそそぐあの陽の光のように
届いてくれたらそれでいい

# 目次 Contents

# 1章 南島の哲人

Chapter 1: Wise Man of the Southern Island

始まりも終わりも
自分で決める
僕の歩くこの道に
行き止まりはない

I decide the beginning and
the end by myself.
There is no dead end to
the path I trod.

# 大願

My Earnest Prayer

必死に祈るこの僕の大願とは何だろう。

この世に生をうけ島に生きることを決意した、この僕の生きる目的とは何だろう。

ひたすら悩み、ひたすら迷い、巡り巡って暗闇を独り歩いていた刹那！僕は不思議な感動にひとり胸が奮えた。

生まれる前からの「約束」なんだよ。
島で生きること
島の為に生きること
君に逢えたこと
別れていった人たちのこと

全てが
今！
そしてこれからの
全てが因となり道となる。

昔オバーが言っていたあの言葉を思い出す。

「ぴとぅや　くぬゆー　うんでぃくーばそー
みりみらーぬ　たんがそーに
『ばぬん　しずんぬ　ありるゆー』
てぃ　はんじしてぃ　うんでくーてー」

嬉しそうに話して、オバーは、ひゃははは！　と笑ってサンピン茶飲んでいた。
難しくって意味解らない言葉だったけど、オバーが死んだ後にその意味が解ったときは、涙があふれた。

「人は　この世に　生まれ出るときに
目に見えない　誰かに向かって
『わたしは　お願いが　あります』
と　話して　生まれてくるってさー」

島で生きると決めたのはほかでもない、この僕だ。

新しき島人よ
若き島人よ

大切なことは
「この島で生きる！」
と自分で決めることなんだ。
「自分自身」で決めることなんだ。
始まりも終わりも自分で決める
僕の歩くこの道に行き止まりはない。

# 島に生まれたことを「鎖」と思うか「根っこ」と思うか

Since you were born
in the island,
how do you feel about it
--"a chain" or "a root" ?

## 大榕樹

Malayan Banyan

隆々とした、うねりにも似た太い根っこのその前で
僕はただ立ちつくし、耳をすます。
心に響く、島の声に耳をすます。

月の満ち欠け、潮の干満、気圧の高低。
喜びも悲しみも聲《こえ》にのせて詠《うた》い語り続けてきた島人よ。
島の聲が聞こえなくなってしまったらもうお終《しま》いさ。

海にある潮の道。
見りみらーぬカンプトゥキ（眼に見えない神仏）
見りみらーぬニッパルヌウタ（眼に見えない根っこの詩）
ひッひッひッ。あがや〜。

大榕樹《がじまる》は、命の塊《かたまり》だ。
島に、岩に、土にガッチリとその根を張り、まるで誰の助けも借りずにこの島に仁王立つ偉大なる父の木だ。

島人よ。
何故他人を真似る。
どうして誰かのコトバで語る。
お前にとって島人であるということが、
誰の足も踏まずにそこに辿り着けるものである
ということを知らねばならん。

島人よ。
「ニライカナイ」とは「ニロースク」。
それは「根の底の国」という意味だ。
海の向こうにあると夢見た楽園が、
本当はこの根の底のもっと奥深いところにこそ
あるということを知らねばならん。

島のコトバで「がんつぷるにー」と呼ばれる
その大木の名の由来は、
「岩《がん》の頭《ちぶる》に根《にー》を張る木」
ということらしいと島の長老が教えてくれた。

島に生まれたことを
「鎖」と思うか「根っこ」と思うか。
その一念の違いで、全てが変わる。

# 珊瑚の杜に月の舟

Moon Boat on the Coral Grove

古文書に曰く
「その神、12年に一度、月の船に乗りて舞い降りる
その神の名は『シギラ』
曰く『シギラ』とは『開く儀』なり『蘇生する儀』なり『再生の儀』なり。
その神の降り立つところ空と海とが邂逅《であ》う場所にあり、
海の彼方に現れる、蓬莱島とはこのことなり」
〈現代版組踊「THE SHIGIRA」プロローグ〉

昨年、旧暦3月3日、僕は、宮古島の海の上に立っていた。
文字通り「立っていた」のだ。海の上に。
その当時、大潮の3月3日に現れるという「八重干瀬《やびじ》」と

言う名の、珊瑚で出来た奇跡の島を舞台にした、新たな「物語」の誕生を担っていた僕は、「一度その幻のシマを見に来ませんか？」という依頼者の誘いに、軽い気持ちで応じ、海を渡ったのだ。そして、その圧倒的な生命力に愕然とした。その自然に宿る不思議さに言葉を失った。島宇宙の神秘さに感動していた。

その夜僕は、八重干瀬での感動を「灯火《ともしび》」に、衝《つ》き動かされたかのように一気にプロットを書き上げた。

夜空に浮かぶ下弦の月の綺麗な大潮の夜。海の中の珊瑚の杜に沢山の魚が集いあう。誰かを待っているのかそわそわしている小魚たち。黒と白のストライプ模様の海蛇たち。

大きな海亀の登場に導かれて光輝く月の舟が空より舞い降りてくる。あがる歓声、沸き起こる拍手。その歓声の中に降り立つ「シギラ」の神。

『八重干瀬生命の祝祭』が盛大に催される宮古島の海祭りは一番大きな盛り上がりをみせる中……物語の幕が開く。

〈現代版組踊「THE SHIGIRA」オープニング〉

帰りの船中で気になる話を聞いた。珊瑚の天敵「オニヒトデ」の話だ。

「でもね、平田さん……」話は続く。
「余り知られていないのですが、オニヒトデの卵を食べるのが、実は珊瑚なんです。そして、その珊瑚を、またオニヒトデが食べる。何が善で悪なのか。自然界の摂理は、人間の物差しで計ることは出来ません……」

丸い地球の島宇宙
八重干瀬の海の珊瑚礁
闘っているからこそ美しいのか……。

# 南島の哲人

Wise Man of the Southern Island

「障子の穴の法則って、知ってるかい？」

ハトマ島の古い知人は酔った顔で突然、僕に聞いてきた。

真っ赤に日焼けした顔は、酒のせいか。それとも昼間の漁の賜物か。ギラギラした目の光は、だけど異常なくらいに眩しい。

まるで「島の哲人」だ。


酔っ払った「哲人」の言う、かの法則とは、

「障子の穴の外から内《なか》はよく見えないが、内側の穴から覗き見ると障子の外の世界はよく見える」

というもの。曰く、

「この島からは、この国のカタチ、この世界の矛盾がよく見

える」

と言うことなのだ。


小さな島の深い夜。

表の福木がざわわ、と揺れる。

遠くから梟《ふくろう》、すぐそばで波の声がした。

島で聞く「哲人」のコトノハは、実に力がある。

ようく見ると、顔に刻まれたシワもただのシワではなく、深い憂いを醸し出すのに一役かっているような、そんな演技をしているような気がしてくる。


「この島ではよう、誰もがみんな哲学者なんだよう。」

そう話してくれたのは、島を案内されたときのことだった。

夕暮れの島の高台で空を仰ぎ「ひぃ〜うんン」と鳴く牛の姿を遠く眺めながら、名も無き「哲人」はそう言った。

静かに、そう言った。


わからないことがあるとき、僕は、そっと、自分の中の「障子の穴」から外を見る。

すると、全ての答えが「そこ」から見える。

思索の迷路、悩みの闇に光りが灯る。

入り口は『島』、気がつけば『宇宙』。
島の奥深い奥の方、
島宇宙の中の自分を遠く眺めながら、決意する
「我もまた、南島の哲人たらん！と」

# 2章 使命という名のシゴト

Chapter 2: Task Named Mission

# 失敗の自由

Freedom of Failure

そのまま！　書く。ノートの走り書きをそのままに。


「大学を卒業後、僕は島に戻ります」

おそるおそる、報告した僕に恩師は言い放った。

「平田君、アメリカではね、大企業を安易に選ぶのは三流の学生なんだ」

人気《ひとけ》のないキャンパス、遠くでアメフト部のホイッスルだけが聞こえていた。


先生は続ける。

「かつて、140人の就職希望者の学生がいてね、40人はソニー、次に20人がホンダを挙げたんだ。アメリカの大学関係者の友人にこの話をしたら彼は大笑いさ！『私の学生なら、ソニーやホンダの株主になってもいいと思うけど、成績のいい学生ほど、アグレッシブな小さなベンチャー企業を選ぶ。いかに面白く、将来性のある仕事が出来るかが基準なんだ。大企業に就職するのは、むしろ成績が悪い学生なんだ』ってさ。

いいかい、平田君。君が一流の学生かどうかは今は僕はわからない。だけど、君は島に戻るっていう！傑作だ！痛快だよ！いいかい、忘れるなよ平田君。一流の学生なら、自分で興すってことを。僕が君を、遠くから見ていることを」

誤解をおそれずに書く。あの頃のままの書きなぐり、そのままに書く。企業の名前が問題なのではない、「志の問題」なのだ。

失敗の許されないこの国で、「失敗の自由」を説くのは難しいけれど、僕たちは何度でも立ち上がれることを、僕は何度でも立ち上がることを君たちと約束しよう。

力を持った個人の集まりこそが、本当の群れとしてのパワーを持つことをどうか、君よ強く思ってほしい！

それぞれが、それぞれの道を
歩いていくこの季節。
それぞれが、それぞれの夢に
辿りつけますように。

あの時、先生はただ僕を励ましてあげたかっただけだ。

だって、仕事に一流も三流もありはしない。
全てのシゴトに意味があるから。

僕も、君も、
大切な存在なんだ。

# 可能性って
# 実は「苦手意識」が
# あるところに
# あるのかも

This is what I think.
Perhaps, every possibility lies where
the "weak point consciousness" is.

## 可能性にかけて Bet on a Possibility

「演劇」と
「行政」と
「子ども」。

以前まで、僕が嫌いで苦手だったモノ、ベストスリー！


まだ若かった頃、ミュージカル舞台で主役に抜擢された僕は、一人舞台の癖が抜け切れずスタンドプレイ続出。当時の演出家といつも対立していた。

「平田！お前は、生意気だ。役者には向かん！」

「(カチンッ)僕も、そう思います」

「お前みたいな、生意気なヤツは、演出家になるしかないぞ！」

「え？……演出家？」

自分の舞台同様に演技プランを次々提案する僕にその演出家はこう言い放った。

「10年もやれば、お前だって一人前にはなるだろうよ」

そのもの言いが悔しかった僕は決意する。

「自分が観たい舞台は自分で作るしかない。うーッ、やってやる！」

かくして「演出家 平田大一」への種が蒔かれた。


僕がまだ小浜島にいた頃。

島の青年会による海外派遣の重要性を説くため予算確保の為に町役場に出向いた時のこと。

グルグル、課から課へまわされながらも、ようやく辿りついた、担当さん。

「前例がないから無理」

「予算と計画性が無いから無理」

何よりも
「まず、企画書を出してよ。事業計画書と予算書とそれから鏡文もちゃんと付けてね」

恥ずかしながら大学で「企画書や事業計画書」の書き方なんて教えられてこなかった。

「え？ 企画書？ あの、鏡文？ って、なに……ですか？」

恐る恐る聞く僕に上から目線で一言。

「これ、いらなくなった某企画書だから、これで勉強して」

この経験は僕にとっては結構、嫌なことだったらしく、こうして「行政嫌い」の僕が、産声をあげた。

精神年齢が元々子どもに近い僕は、その反動で良い大人ぶって子どもと遊ぶうちに真剣になり、そのうち軽く裏切られたり振り回されたりして嫌気がさしていた。

僕の顔を見ては「うんこ！」と叫び走って逃げる子ども達。

その言動に腹を立て追いかける僕。

「大人に向かって『うんこ』って、何事だ！　おい‼」

でも、ある日気がついた。

僕に向かって「うんこ」と叫んだ後の彼らの顔は何とも嬉しそう、いや、むしろ、その目が可愛く笑っている。

僕は、気がついた。

彼らの「うんこ」という言葉は、愛情表現の裏返しなんだと。

そう思ったら、気が楽になった。やたら、子どもが可愛くなった。等身大の自分で良くなったら、相手をしてくれる子ども達も、優しい対応になって、汚い言葉をかけなくなった。

嫌いな「演出家」のシゴトを受ける時、僕は自分がやられて嫌だったことは絶対にしないと決めた。

演出家におんぶに抱っこでなく、自分の演出プランを演出家に提案する雰囲気をつくることに気を遣った。

嫌いな「行政」とシゴトをすることになり、「公共文化施設の館長」に就任した時、僕は、自分の苦い経験から「僕が、地域と文化行政をキチンと結ぶジョイント役になろう」と決めた。

あんな、嫌な思いは、地域の可能性の芽を摘んでしまうかもしれない。

苦手な「子ども」の舞台を作ることになった時、子ども達の本心をキチンと解ってあげられる一人の大人になろうと思ったのは、あの「うんこ！」と叫んだ子のお陰である。


僕は思う。

可能性って実は「苦手意識」があるところにあるのかも。

だから僕は、今日も歩き続ける。


僕の恩師はこう言った。

「もしも岐路に立ったなら、棘《いばら》の道を選びなさい」

40歳を目前にした僕の前に新たな道の「道標《どうひょう》」がある。

そこにはたった一言「初心」と書かれている。

# 誰になんと言われても
# 僕が僕を認めよう

No matter what they say
I'll accept myself.

## 奇跡の方程式

Equation of Miracle

「名作だから演じ続けられるのではない
演じ続けられるゆえに名作になりうるのである」

現代版組踊「肝高《きむたか》の阿麻和利《あまわり》」の舞台の原作者嶋津与志氏はそう語り、「乾杯」と小さな声で呟いた。何だか納得してしまったんだ。

センセイの飄々としたその物言いが余りに自然体であったから、僕の胸にストーンッと落ちてきたんだ。

「阿麻和利」舞台の取り組みが国の大きな賞を戴いた祝賀会でのそれがセンセイのコメントだった。

僕はいつも想っていた。
「歴史に残る作品を。語り継がれる作品を！」
でもそれって、言うは易く行うは難し、簡単にはいかない。
ましてや今日、明日の自分さえも見えていないというのに、
将来の自分だなんて解りようがない。
傲慢にも程がある！

悩みながら導き出した答えは、未だ闇の向こう側だけど、
だから今！今を描き続けることの繰り返しの僕で行こう。

歩き続ける限り、僕は僕であり続けるんだから、僕は「詩人」
であり続けるんだから。

誰になんと言われても
僕が僕を認めよう。
圧倒的自己中心的な判断であったとしても
僕が僕に感動する。
僕が僕に感謝する。
僕が僕に共感する。

完全なる自己肯定！
それが「奇跡」を呼び込む僕の方程式。

# 疾走

Scamper

きむたかホールという516席の文化施設の館長をしていた頃の話だ。毎日走っていた。何時間でも走れた頃の話だ。

総工費19億8000万の文化施設。その館長を任されたとき、僕は「32歳」。まだその道で何も大きなシゴトを「成し遂げた感」が無かった僕が、その大きな肩書きに実は一番びびりまくっていた。

当然、任命権者の教育長は議会の矢面に立たされた。某議員曰く「教育委員会の人事に関する質問！どこの馬の骨とも判らない若造にこの町の大事な館を任せていいのか！」

すると詰め寄る議員に教育長は烈火のごとく怒った。
「彼のおかげで、あの子ども達がヤル気になったんだ。君にそんなことできるか！ 彼がこの町にとって必要だからお願いしたんだ。お願いして来てもらっている彼のことをもう二度と、そんな風に言わないでもらいたい！」

僕はその一部始終を議会議事堂の裏の部屋で聞いていた。
2001年6月28日、木曜日。
あの日のコト、あの感動を僕は忘れない。そして人知れず、決意した。何を？ 何を決意したかは、憶えていない。だけど、確かに「何かを決意した」という気持ちだけは覚えている。
つまり、僕は必死だった。

「実績」でシゴトはやって来ない。
そこにあるのはいつも、自分に対する「期待」それだけだ。
それに答えようと必死でもがいた者だけが
運をひきつけるんじゃないかな……。

もしも、そうであるならば、次々とシゴトが来る人とは常に「期待感」を持たせる天才だと言うことかもしれない。

きむたかホールという516席の文化施設の
館長をしていた頃の話だ。

毎日走っていた。
何時間でも走れた頃の話だ。

そして僕は、今も走り続けている。
もがきながら、
また新しい道を
走っている。

# 使命という名のシゴト

Task Named Mission

「使命」と書いて「シゴト」と読む。

右腕が原因不明の叫びを発した時、僕は少し大げさなくらいに「覚悟」を決めた。ヤルベキことの優先順位、ヤルベキことのその時機を、ヤレルベキことの残された時間を、僕は少し大げさなくらいに、考えた。

「生きる」と言う事は意外にシンプルで強靭。
むしろスッキリとした思考の僕がいる。

例えこの腕が
書けなくなっても

例えこの足が
踊れなくなっても

僕には「負けない心」がある
僕の「命」があるうちは、僕のシゴトは終わっていない。

例えこの身体
動かなくなっても
僕の前進は変わらない。

右腕のこの痺《しび》れは
新たな僕の「使命」の始まり。
新たな僕の「シゴト」の始まり。

こんな夜。
畑で四つん這いになってでも
スイカの種を植え続けた
末期を生きた親父の姿を思い出す。

「生きる」。
これが、僕の使命なんだ。
これが、僕のシゴトなんだ。

独り言の夜。

少し大げさな「覚悟」の僕は
シンプルな潔さの中にいる。

この痛みに感謝！
この痺れに感謝！

# 3章

# 風の行方

Chapter 3:Where Does the Wind Blow?

今立つところが
常に、君のふるさと
になる

The place where you're
standing now
will always be your home.

## 島風のジプシー

Gypsy in the Island Wind

君の周りには
いつもみんなと違う
風が吹いている

それが君の不幸でもあり
幸せでもあるんだ

風をきり
君は歩く
黒い髪が
風に踊った

友と笑う君
だけど気がつけばいつも
君の目は遠くを見ている

まるで
彷徨《さまよ》っている
心の行方を見るかのように

「優しさ」と「激しさ」
両方の感情が
目まぐるしく
君の内にあって
それは時折
君を悩ませるかもしれない

でも！　大丈夫
僕が自信を持って言おう

君は格好良い！
踊っている時の君もそうだけど
僕は普段ただ歩いている君のほうが
一番、格好良い！　と思うんだ

島で生まれたとか
何所で生まれたのかなんて関係ない
今立つところが
常に、君のふるさとになる

きっと本当は誰もが今に生きる
ジプシーなんだ

自分の還るべき心をさがす旅
それが君の生き方であり
ライブなんだから
君は根っこをもたずに
でも！
咲き誇る「花」なんだ

僕は詩おう
遠い空の下で
コトノハは風の旋律にのって
旅行く君に届くだろう

君は背筋をのばして踊る
その先をキッと見つめて
遠い目に映る

風の道を見つめて

歩き続ける道のどこかで
またきっと会えるから

君よ、君は
歩みを止めてはいけない

この国のジプシー達に
告ぐ！

君は
君たちは
今のままで
格好良い！

島の風に吹かれる
僕も
ジプシーの如く

放浪する
己が魂を詩う

# 風の行方

Where Does the Wind Blow?

風は風を結び、熱を孕《はら》みシマに迫る。

このシマの人は予測できない風の行方に、どう立ち向かって来たのだろう。

風の道を仰ぎ見ながら、僕はこのシマの風のことを考えた。


「火風《ぴーかんじ》」

雨をともなわない、カラ台風のこと。

潮を含んだ風が木々を襲い、台風一過の日差しに焼かれ赤く枯れてゆき、まるで「火」に焼かれたかのようになるからそう呼ばれた。

「返し風《けーしかじ》」

台風の目が通過した後の返し風のこと。

気を緩めた時に襲い掛かる最も怖い風。


「風廻り《かんじまーい》」

文字通り風がクルクルまわる。

予測できなくまわる風。

「新北風《みーにし》」
沖縄の冬を告げる北風。
砂糖キビの間を抜ける風の音も人気がなくなった砂浜。海
に吹く潮風も淋しさを増す。

「夏至唐風《かーちばい》」

夏の風。

……うまく説明できない。

八重山出身の郷土詩人「伊波南哲」は台風を好み、
荒れ狂う危険な海によく出かけたという。
「台風のごとき情熱でモノゴト全てにあたらねばならぬ」

そう言っては雨風がびゅうびゅう吹く護岸に立ち、東京から来た客人を連れ出しては怖がらせたという。

でも、そんな「南哲」の詩はとても優しかった。

自然の力を信じ、自然の力を畏怖するからこそ自然に立ち向かえるのである。

「迷走！台風13号」の迷走ぶりを見ながら、なんとなく風の名前をたくさん持つこのシマの根っこを考えた。

# 流されるにも才能が必要さ解るか？この意味

"You need some talent to be washed away 〜 you know what I mean?"

## サバニ Sabani – A Small Fishing Boat

明け方間もない5月の海に僕らは出た。

水面すれすれを疾走する小さな舟は、風よりもはやい。

キラキラと光る風を幾つも追い越して、僕らは桟橋を背に外洋広がる大海原に飛び出した。


「おじい！ 飛行機の時間に間に合うか！」

クバ笠を深くかぶったおじいは片手で笠をしっかり掴み、もう片方の手でエンジンに直結した舵を握ると、ふふんと鼻で一笑い。

「あがや！ 黙ってまっておれ！ もっと、飛ばすど！」

言うが早いか野太いサバニのエンジン音がまた唸りを高めた。

朝6時過ぎの海の上は誰も起きてこないマチみたいだ。

少し得した気分になる。

顔にあたる冷たい風に頬がぶるると震えると、僕を待ち望む「講演会場」の顔たちに思いを馳せた。


途中。浅瀬を慎重に渡る。

一気にエンジン音の唸りが低くなり、舟は波に身を任せるように流された。

ちゃぷちゃぷ舟底にあたる波、海底の砂浜がすぐそこに見える……。

「よーんな、よーんな行くどー」

おじいは呟きながら見事な腕前で、珊瑚と珊瑚の間の見えない潮の道をゆるゆると進んでいく。


「流されているように見えて操る。

いいか、ダイイチ。

流されるにも才能が必要さー。解るか？ この意味」

おじいは舵を操りながら、急に「哲学者」の顔になっている。

「海は全部『道』さ？ 舟のまわり360度ぐるーり全部『道』であるわけさ」

「哲学者」は続ける、
「見えない潮の道を読んであるくから、おじいは凄いわけよ！
うひゃ‼ あがや！[※1]しゅわはーすな。
わしと舟《こいつ》は一心同体！[※2]ゆぬむんやさ約束どおり、朝6時35
分までに石垣の桟橋に着くど！」
真っ黒な顔に白い歯が光る。
おじいの腕にまた力が入った。

ベッドに横たわった海人《うみんちゅ》が、
懐かしそうに僕に語った昔話に
僕は笑いながらこたえた。

あの時のおじーの早朝チャーター便で
大切な友との約束を果たせたんだ。
石垣島の離島桟橋横付けしてもらった僕は
その足で那覇行きの飛行機
始発便に飛び乗った！
お袋の手作りの弁当を飛行機の座席で開いたら
まだあちこーこーだった。

「おじい、また乗せてよ。おじーのサバニ」
にかッと笑ったおじーの白い歯は
今も健在だった。

※1：しゅわはーすな＝心配するな
※2：ゆぬむんやさ＝同じだから

あの日。
桟橋横付けの後僕をおろし
そのまま白いタオルを
巻きなおし「おし！」と呟くと
颯爽と後ろ向きで手を振ってまた
海に還って行ったおじー。

老いてもなお！　健在！
長生きをただ祈る。

# 赫ようらの花

Red Flowers of Deigo

若夏の訪れを告げる「赫《あか》い梯梧《でいご》の花」が、南の島では今年は咲いていないという。

昨年の台風の影響か、潮を被りまるで枯れて枝ばかりの木は、昔読んだ絵本の「もちもちの木」に出てくる。「豆たん」が怖がったあの大木そのもので、棘々しく晴れた空に影絵の如くそびえたっていた。

「梯梧の花」の思い出は、子どもの頃、牧場の真ん中に立つ「赫い花」の正体を確かめたくって鬼線の鉄柵を飛び越えたことがある。

真ッ昼間の牧場。

カンカンに照りつける太陽の下、目指す森を頼りに僕は歩いた。

ところが！　驚いたことにどんなに歩いてもあの梯梧が見える森に辿り着けないんだ。

牧場は思いのほか広かった。

やがて黒い塊の牛達がわらわらと姿を見せ始めた。

僕は彼らに気づかれないように、そーッと遠回りしてあの森を目指す。じりじりとした時間が風とともに吹いて行く。

よく、考えてみればわかることなのだが、牧場である以上そこには「牛」がいる。それも、恐ろしく大きな体の牛達が……。


奇跡的に森に近づいたそのとき！　目の前の大きな茂みから、これまた大きな黒い巨体の雄牛が僕の直ぐ目の前に姿を見せた。

鼻からしたたり落ちる液体と不気味な嘶《いなな》き。

黒目の大きな眼差しに射抜かれて、強張った僕の身体に電気が走る！

頭が真っ白になって硬直した僕をじっと見つめたまま、ぷいっと行ってしまうまでの数分が何時間にも感じられたこと。

「坊ず、よく来たな……」

何度も何度もこだまする無言の声に背中を押され、僕は再び歩き出した。

そして遂に！　辿り着いた。

その巨木は真っ赤な花が咲いている「赫ようらの花」。

散った花びらで木の下には真っ赤な絨毯が、一面に広がっているのが美しくって、僕は首の後ろが、わさわさッと総毛立つのがわかった。

誰も見ていなくても咲き誇る
満開の赫い花。
怖さはいつしか遠い彼方にあった。

あんな冒険。
とても懐かしい出来事だ。

今も時々
あの大きな黒い牛の潤んだ瞳を
思い出す。

そして真っ赤な花の「赫々《あかあか》」を
思い出す。

思い出してはまた
僕の中の「冒険心」が疼き出す。

# 4章 シマの声

Voice of the Island

# 聖地は何ゆえ
# 聖地であるのか

Why does a sanctuary
remain a sanctuary?

## グスク　Sanctuary

天に向かって広げた手は
風の行方をさがしていたのか、
そこにただ屹《た》っているだけ、
それだけで天とつながる。

古《いにしえ》の者よ
この地にどのような
志を興したのか！

シン！と一人
「静寂」の中、佇んで
グスクの真ん中に立っている。

誰が手向けたのか
線香の煙
空気の流れを
教えるかのように
木々の間から見える碧い空へ
昇って消えていった。

古の志
古の情熱
古の夢

感じて
僕は、今を生きる。

聖地は何ゆえ
聖地であるのか

地の持つ力ゆえ
祈り満ち溢れるがゆえ
人の念い天に届くゆえ
あるいは！
古の夢「今」も生きるがゆえ。

風が吹く。
蝉が鳴きやみ
気がついた。

「静寂」などではなく
実は蝉の大音声の
中にいたこと。

気がついて
ぐるり
城の址《もり》を見渡した。

我が胸の中の聖地と
共鳴する
この地から
新たなる志を発信する。

その真ん中には
そう、いつも、
「人」がいた。

天のカタチをした
「人」がいた。

人ありて
廃墟はグスクに
なるだろう。

束の間の「静寂」を破るかのように
蝉！
また吼え始める。

# 自分のマチへの愛情が
# 揺ぎなき自分の生き方の
# 全てになるんだ

The love of your hometown
Will be your secure lifestyle entirely.

## 想い　Wish

「太陽は王様の象徴
その力、垂直に向かい」
「龍神は水をつかさどる
そのパワー、水平に広がり」
「大地は人をカタチ取り
その想《うむ》い四方にあまねく」

初めて出会う首里城のその精神性の高さに思わず唸ったんだ。
観光客とは違う視点でこのグスクを見てみたら「不思議」

のオンパレード！「祈り」のフォートレス（基地）！「ウムイ――想い」の宝庫！

ああ、やっぱり全てに意味があるんだな。

僕はこの夏行われる舞台の実際の現場である首里城に出演する子ども達と、ともにいた。

舞台を作るにあたっての首里城見学。城探検ガイドをかってでてくれた山城氏の熱い言葉が僕らの胸も熱くする。

「いいですか！ 皆さん。世界遺産に認定されたと言うことは、世界の中でもこの文化財群は琉球特有の文化として認められたということなんです。琉球の文化はオリジナル性の高い稀な文化だと世界が認めた証なんです！」

そしてこう言葉を続けた。

「自分達のシマに、文化に、いや！ 自分自身に誇りを持とう。皆さんの取り組みは世界に通じるモノなんだよ」

生きた学びをさせてあげたい！

僕はいつも、そう思う。学びを受ける子ども達は若ければ若いほどにその吸収力も凄いんだ。

学力も確かに必要だろう。でも、それ以上にもっともっと大切なことは自分の立つ根っこに対して「愛」を持てるか！強き「想い」があるか！ということ。

そう。
僕は知っている
生まれたマチを大事に思う人は、必ず自分自身も大事に出来
るんだ。
自分のマチへの愛情が揺ぎなき自分の生き方の全てになるん
だ。

首里城には舞い踊る龍がいる
舞い飛ぶ鳳凰がいる
守護する獅子がいる
そしてその中に
笑顔の子ども達もいた

# 星のゆりかご

Cradle of Stars

東の空を遠く眺めておりました。
どこからか聞こえてくる
水平線の大きな大きな
あの「月の歌」を
私はゆっくり目を閉じて聞いておりました。

優しく沈む太陽が
奏でる音楽と共鳴し
時には見えない
風の旋律に導かれて

私の胸に確かに響くあの歌は
私とあなたを結んでくれるようでした。

遠く離れて暮らす
二人の間で響きあいながら
不思議な「今」を紡いでいくように
優しさにあふれた歌でした。

東の空を遠く眺めていたら
聞こえてきたのです。
大きな大きな、あの「月の歌」が

青々としたそらに
「月」と「太陽」
二つの星はその深き胸に抱かれて
見えない糸で結ばれているのでしょう。

たとえ
一つになれない運命《さだめ》と
決まっていても、私は自分の歌を歌うのです。

ありがとう、
ありがとうね……。

私はあなたに照らされて
あなたは私で自分を確認する。

遠きふるさと
シマ想い
みちはつなぐ
明日と今を

天《そら》が歌えば
波は舞い
星のユリカゴに
抱《いだ》かれて眠る。

星のユリカゴに
抱かれて眠る。

# 祈りの唱を詠う
# 僕たちの「祈りの唱」を

Chant the song of prayer.
Our "song of prayer".

## シマの声 Voice of the Island

この「島」のどれだけを分かったと言うのダイ？


癒しの島。

常夏の島。

歌と踊りの島「おきなわ」。

勝手に誰かがつけた呼び名に振り回されてはいないか
「おきなわ」。


本当の「祭り」は、誰も知らない深い深い杜の奥、誰もが寝ている深い夜の底、だ〜れも来ない深い精神の根っこのその先に、眼を光らせているのだから。

夜のキビ畑。聞こえて来るのは古いコトバで綴られる島の祈りの歌。月の船を呼ぶ祈りの声。

いんぬかぬてぃすまゆ
なみんくいとよむすらゆ
てぃだぬあがるまでぃゆたさ
ちゅらさてーくぬうどぅい

ティンヌカナタ ニライヌカンヌウリ
ヌチヌパナ
サチヌパナヌサカショウリ
ハリヨーフニ ハイヤユ
ツクヌフニユ

君は、このシマのどれだけを分かったというのダイ？聞こえてくる歌の意味くらいしか、本当はわかっていないはずだ。

フラのカヒコと呼ばれる「古典舞踊」では、「チャント」と呼ばれる祈りを捧げて踊るらしい。フラの世界で、最も大事なことが「マナ」と呼ばれる「こころ」。

テレビで伝えられるハワイのイメージとは全然違う、その「シマ」の引き締まった顔を見たときに、僕はドキッとしたんだ。ちやほやされた「おきなわ」の浮かれた顔が対照的で何とも厭になってきた。
沖縄は「癒しのシマ」ではない。
屋根のシーサーは「魔よけ」であって、ピースしている場合ではない。
空しく叫んだその声が、夜空にただ消えていった。

海ぬ彼方てぃ島ゆ
波ん声鳴響む空よ
太陽ぬ上がるまでぃゆたさ
美らさ太鼓ぬ踊ぃ

天ぬ彼方ニライぬ神ぬうり
生命ぬ花
幸ぬ花ぬ咲かしょうり
走りよ船早いやゆ
月ぬ船よ

祈りの唄を詠う。
僕たちの「祈りの唄」を。
新しい「精神」を、「伝統」を、「祭り」をつくるんだ。
風に乗せて空に解き放つ！

# 5章

# 島人北上

## Chapter 5: Island Man Goes North

# 蝶のはなし

Tale about the Butterfies

記憶はハッキリしていない。

海を渡る蝶の詩を読んだのが先か。おばーから聞いた「海を渡る蝶」の話が先か。

でも僕には、ハッキリと思い描かれていた。掌の大きさもある白き蝶「オオゴマダラ」が黒い海の上を悠々と渡っていく様が、ありありと僕の脳裏に映し出されていた。

てふてふがいっぴき
韃靼《だったん》海峡を
渡っていった。

（安西冬衛「春」）

大学生の頃、シマを遠く想いながら生きていた僕は都会にいる自分が分からなくなっていた。

シマで生まれた僕が、都会で学び、都会で働き、都会で死んでいくのなら、何故！　僕はシマで生まれたのか？　シマに生まれた僕の存在の意味を問い続けていた。

自問自答の日々。

ある日。人間でごった返す新宿駅の雑踏の「人の波」の上をひらひらと飛んでいく白き蝶を見た。その瞬間！　その刹那！　おばーの話を思い出したのだ。

「このシマに住む蝶は秋になると海を渡り
ニライカナイと呼ばれる幻のシマに飛んで行き
春になるとまたこのシマに帰ってくるわけさ。
ボロボロになった羽の上に沢山の幸いを乗せてね。
おまえも、海渡るあの蝶のように生きれたらいいねー」

シマに生まれた僕がシマに帰ることに理由なんていらない！

僕の血がそうしたいからするだけなんだ。


記憶はハッキリしていない。海を渡る蝶の「詩」を読んだのが先か。おばーから聞いた海を渡る蝶の「はなし」が先か。

でも、海を渡る「蝶」を自覚した僕は、実はこのときに孵化したのかもしれない。

旅は外に向かう「力」ではなくて、だから帰路は「新たな始まり」のウタなんだ。自問自答のあの都会の日々が、僕の「使命の自覚」への試練だった。
大きな翼を得た僕は、大海原に飛び出した！

魂ぬ詩や 海を渡てぃ（ぬちぬうたや うみをわたてぃ）
魂ぬ蝶 風に舞ゆ（ぬちぬはぴる かぜにまゆ）

波の華に身を散らし（なみぬぱなに みをちらし）
魂の蝶 風任かし（ぬちぬはぴる かじまかし）

渡海ぬ仇 北風やりば（とけぬかたきにしかじやりば）
渡る刹那 涙ぬならぬ（わたるどぅきゃんま なだぬならぬ）
月ぬ光り 天ぬ群星（つきぬあかり てぃんぬむりぶし）
我した蝶 翔り美らさ（わしたはぴる ぱりちゅらさ）

（南島詩人「幻蝶（はぴる）」）

そして僕はまだ
海の上を飛び続けている。

# 島人北上

Island Man Goes North

3月4日が来ると思い出す。

那覇のマチに降り立った日のこと。

那覇空港から浦添に向かう国道58号線。夕暮れの寒い空に小雨がぱらつきタクシーの車窓から見えたマチは、小さな島から上京してきた小さな家族を静かに見下ろすかのようにただひたすらに沈黙していた。

タクシーのカーラジオからは延々と流れる「かぎやで風」。「さんしんの日」を賑やかに祝っていた。賑やかであればあるほど気分が憂鬱になっていったのは何故だろう……。

毎週1回水曜日2時間だけの舞台稽古、その演出が唯一のシゴト。月10万円の僅かな稼ぎがあの頃の僕の全てだった。

あの頃のノートには率直な想い。

「書きたいことなど何も無い。またペンをとる」

またある日は、書き殴る！

「何も進まない一日。風呂場で泣く」

全てが心細い日々、風呂場で何度も泣いた日々。

僕は本当に悩める30歳だった。

忘れてはいけない、あの頃の僕を。感傷なんかではなく、ただの昔話でもない。今の「僕」につながるために、必要だったあの頃の「僕」。誰も僕を知らなくっても、「僕」が「僕」を知っていた。それが全て。それが、僕の全てだった。

悩みを解決してくれるのは、彼氏や彼女や親や旦那や奥さんでもない。所詮、自分自身。

「始まりも終わりも自分で決める。

僕が歩くこの道に行き止まりなし！」

力強く書いた文字に、今の「僕」が激しく反応した。

２００８年3月4日。東京帰りの那覇空港から、あの日と同じように北上する58号線。気づいたら、丁度9年が経っていた。相変わらずの「さんしんの日」。あの日と同じような小雨の日。詩人の心は、今も「北」を目指す。

「上」を目指して、伸びてゆく！

僕らは「現代《いま》」を
生きている。人間として
「現実の生活」の
中にいる。

We are living in the present age.
We are in the middle of “real life”,
as human beings.

## 道標 Milestone

例えば

「平安座ハッタラー」

「笛吹きタップ」

「アンガマおじー」


僕が生み出した「お使い人」は本当にいるの？

だから、舞台に出てくるあの世とこの世をつなぐ「お使い人」のことさ。

時空を軽々と越えては、主人公の子ども達とともに物語の核心にせまり、ストーリーテーラーであるところのあの者たちは本当に存在しているのか。

例えば「大航海レキオス」に出て来た
「シルベとカジ」
例えば「南風《ばいかじ》の宴《あしび》」に出て来た
「キジとムナー」

物語につきものの「お使い人」は、とても非現実的だ。現実の生活なら、「声が聞こえる」「霊が見える」「見えないものが見える」って、とっても「変な奴!」って言われ、その存在さえも否定されるのに、舞台や物語なら、普通に存在していたって不思議じゃない。むしろ、必要な存在だったりする。

実際、僕自身「見えない何かに突き動かされて」物語を紡《つむ》ぐことが多いから、その「存在」は、否定しない。でも僕には「霊感」はない。「声」も聞こえない。

きっと大切なことは「古の者たち」や「お使い人」達の声なき声をしっかり「現実」ということの次元で理解すること、理解しようとする「力」なんじゃないかな。

どんなに「声なき声」が聞こえてきても「道なき道」が見えたとしてもそれを見えない人たちには見えないし、聞こえない人には聞こえないのだから誰にでも解るカタチで、「表現」というカタチで伝えるのが僕等のシゴトなんだ。僕が「舞台」を創るのはきっと、そういう意味があるのかも知れない。

今、流行のようにいわれている「スピリチュアル」なんていうものではなくて、もっと、この世を「タフに生きるため」の「道標《みちしるべ》」として受け止めるべき僕のシゴト。

ぼく、思うんだ。
大切なことは「この世」から「あの世」を見ること。
「あの世」から「この世」を見てしまってばかりでは、
間違いだらけで理不尽な「この世」の中に
うんざりしてくるだろう。

でもね。

僕らは「現代《いま》」を生きている。

人間として「現実の生活」の中にいる。

肝高《きむたか》の子や舞台の物語の主人公達が「お使い人」からもらった「想い」を胸に一歩前に進んでいくように、僕たちもまた、そういう「想い」をしっかり受け止められる心を持ちたい。

そう思うんだ。

人間より賢い。
砂糖キビ、
あれはお前らなんかより、
ずっと賢い。

They are wiser than human beings.
Sugar canes,
they're much  more wiser than you.

## サトウキビの風に吹かれながら
## 僕は哲学者になる

I Become a Philosopher Blowin' in the Sugarcane Wind

自然と共生するということは、
ある意味「格闘！」するということであり
「対等」であるということである。

北風厳しいこの季節、
サトウキビの畑に立つ島の人を
見つめながら僕は考える。

キビを「刈る」ということは、
サトウキビの命を「絶《た》つ」ということだ。

絶たれて生きる、命もある。

否！
絶つからこそ、
活かさねばならない「命」なのかもしれない。

その「命」の尊さを考える。
僕らは「自然」と本当に対等に生きているのだろうか？
共に生きる！
という、その言葉の意味を考える。

そして、思う。
生きるとは「感謝」すると言うことだ。
感謝から始まるモノも、あるということだ。

亡くなる直前まで、
畑に出かけた人だった。

やせ細った身体で、
畑に四つんばいになってでも、
畑に突っ伏して行った人だった。

「人間より賢い。
砂糖キビ、あれはお前らなんかより、ずっと賢い」
それが、生前の親父の口癖だった。
畑で格闘した横顔。

この季節。
島に吹く北風に吹かれたい。
強い北風に吹かれながら、
心の中の燻ぶりも吹き飛ばせと、
息が出来ないくらいこの広大なキビ畑
疾走したい衝動に駆られる。

なあ、親父。
明日、一日だけ島に帰っていいかい？
今年の自分を占うのさ。
息切れしそうな自分の限界を
試す、旅にでたいんだ。

返事なき畑の上に一人
風の声に耳を澄まし独り。
「命の尊さ」について考えた。

# 6章　天を衝く！

Chapter 6:  Thrust the Sky!

考えながら
浜辺を歩く。
歩く僕は
一人の詩人になる。

I walk around the beach meditating.
While walking, I become a poet.

## 夏花 Summer Flower

明るすぎる太陽の影が濃ゆすぎる……。

このシマの光と影を考える。
このシマの昔と今を考える。

海を歩く。
流れ着いた色とりどりの容器、
よく見たら隣の国々の船から
投げ捨てられたものばかり。

白い砂浜に累々と転がるカラフルな容器。
悲しいぐらいにこの綺麗な浜辺の風景の中におさまって。

赤い花を髪に飾り浜辺を歩くカップルの風景の中におさまって。
真上から照りつける陽ざし
立っているだけで汗がとまらない。

白い浜辺を歩けば棘棘《とげとげ》のアダン葉の奥に見えてきたんだ
「人間魚雷」の格納庫。
アメリカ軍上陸のとき、敵艦に当って砕けろ！と教えられ、
死に方を教えられ用意していた特攻艇。

若者達は
この綺麗な浜辺で
この灼熱の浜辺で
何を考えて、毎日の訓練に明け暮れていたのだろう…。
海から吹く風のトロリとした熱風に全てが飛んでいく。

結局、船は自爆することなく無駄に捨てられた。
アメリカ連合軍は八重山諸島には目もくれず沖縄本島の中部
を目指す。唯一の「上陸戦」、それが地獄絵図の始まりだった。

このシマの光と影を考える。

シマの拝所の入り口の「鳥居」
そんなものこのシマの元々の文化なんかじゃないよ
と知人が言う。

このシマの今とこれからを考える。

砂糖キビなんてこの国の政策のひとつ
だから「キビ畑」から「歌」が生まれない
と知人が言う。

やたら威張った「添乗員」が目の前を通り過ぎていく。
このクニのおかしな「旅のカタチ」。
飽きられていくシマが生まれる「旅のカタチ」。

このシマの光と影を考える。
このシマの人の欲深さを考える。
考えながら浜辺を歩く。
歩く
僕は一人の詩人になる。

波打ち際、赤い漂流物。
浜辺に打ち上げられていたのは
さっきのカップルの捨てた
赤い赤い「夏の花」。

# 桟橋の風景

Scenery of the Pier

別れの日。見送りに来てくれたのは、僕の身内の数人だった。北風が強い島の桟橋。空は、島の冬らしくどんよりと曇っていた。

やがて、離岸。

畑から直行ぎりぎり間に合った、キビ刈の仲間たちが桟橋に軽トラを乗りつけパラパラと降りてくる。

一人がとどかない声で何かを叫びながら、「あっ！」という間に桟橋から海に飛び込むのが見えた。すると、次々とみんなが海に飛び込む。やがて、ぷかりと上げた顔で、ぶんぶん手を振ってくれた。

高速船の甲板から見える親父の姿がどんどん小さな影になっていく。もう小さな豆粒みたいになった見送りの中、でも親父だけは最後まで手を振らないでじっとこっちを見つめていた。
僕の唇から、自然と詩がこぼれ落ちる。

別れを惜しむ雨雲が
やがて二人を包むでしょう
水平線がくっきりと
空と海とを分けるでしょう

僕を乗せた小さなこの舟は
帰り舟か
それとも旅行く舟か
波しぶきが
二人の別れを煽ります

高速船の大きなエンジン音に自分の声も聞こえない。激しく噴き上げるジェットエンジンの大きな波の向こう側に、僕のコトノハだけが、容赦なく吹っ飛んでいくのがみえた。

島はいつも変わらん
いつ帰ってきても変わらんさ
時流れても
このおじーが死んでも

島だけは島のまんま

いちまでぃん
いちまでぃん
島だけは
島のまんまさ

おじーは、泡盛もういっぱいぐぃーっと
飲みほした。

あぁ、僕は本当に、島を出て行くんだな……。
そう思ったら初めて涙が滲んだ。
一九九九年三月四日。僕は八年間の小浜島での活動を終え、
活動拠点を沖縄本島に移した。

あの時は、解らなかった。
残された者の悲しみが。
手を振る者の痛みが。
それぐらい、僕も必死だった。

寒い、島の冬の曇ったこんな空を見ると
思い出す。

あの日の桟橋に立っていた「島人」を。
飛び込んでくれた「仲間」を。

「へその緒を、自ら切り落とし、離岸せん」

島を出ると決めた、その選択に後悔は微塵も無い。

ただ！引き止めなかった「心意気」に感謝したい。

# 手紙

Letter

気がついたら夏。高い雲の夏が来た。

島の家、大きな窓から見える雲のカタマリ。ゴウンゴウンと唸りを上げて、凄い勢いで流れていく。

久しぶりの生まれ島はもう夏の祭りの季節。気がつけば遠くで太鼓の音がする。

あの雲のせいか、この暑さのせいか、海に流した「手紙」を思い出す。遠い記憶の彼岸の空に想いをつづったあの夏の便り。

再会を約束して
別れましょう

散って彩る花もあるけれど
今はまだあなた
サヨウナラ
とは言えません

再会を約束して
別れましょう
涙もひとつこぼせたら
素敵な思い出
拾い集めてかき集め
夜空を飾る星にして
あなたに幸いばかりがあるように
祈りましょう

再会を約束して
別れましょう
散って彩る花もあるけれど
今はまだあなた
サヨウナラとは言えません

再会を
再会を
約束して別れましょう

押しては返す
あの波のように
僕たちは何度もここで
廻りあう

夕暮れの海に出てみれば流れ着いた「思い出」が幾つもあって
僕は刹那！ 少年の頃の僕になる。

白い月が笑っていた。

# 答えはいつも「島の中」にある。

The answer is always
“in the island”.

## 天を衝く！

Thrust the Sky!

島に立つ勢い
その先《そら》
天を衝け

海に根付くマングローブを見ると
その生命力の力強さに感嘆する。
海水と淡水の異なる水が混ざり合うからこそ強いのか。
異なるモノ同士との鬩《せめ》ぎ合い。
新たな「命」が生まれる瞬間はこういう
厳しい環境の中であったりすると思う。
そして僕は、こういう「小さな命」の伸びようとする勢いに
最も「生命力」を感じる。

島でまだ暮らしていた頃、僕は毎日のように浜におりては
力強い「命」の息吹をよく見に行った。
「旅する種」とも呼ばれているマングローブの奇跡を
体に刻み込むかのように僕はその「命」の前で
大きく深呼吸をしていた。
そしてマングローブの見える海の向こうにはいつも、
大きな西表島の山々が見えた。

答えはいつも「島の中」にある。
全ての答えがこの島にあった。
サトウキビ畑に吹く風の中に
夜空に咲く花のような星々の輝きに
天に向かって海に立つ小さな命の勢いに
僕は自問自答の答えをいつも見つけていたんだ。

校門無き学びの場
　僕らがいつも
　　立つところ

7章

# 沖縄よ何処《いずこ》へ

Chapter 7: Okinawa, Where Are You Going?

「文化とは、揺さぶるモノ！」と僕は叫ぶ。

"Culture must be something that swings!", I cry.

## 遠雷　Distant Thunder

ごめん！　あえて言う。
机上の論で語る「シマおこし」ならもういらない！
世の中で議員《せんせい》と呼ばれる人たちと学者といわれる人たちと
いわゆる役場の担当する人たちの、宙を舞う「コトノハ」に、
自分都合の「ケンキュウ」に、また繰り返される「ムダな会議」
に辟易してくるんだ。
「文化とは、揺さぶるモノ！」と僕は叫ぶ。
「教育で地域を、文化で産業をおこす！」と僕は叫ぶ！
「だから！　頑張っているヒトには光を！」と僕は叫ぶ！
なのに相変わらず！
「行政は、『公』と言うものは、
市民にあまねくコウヘイにたずさわり云々……」

と言うものだから、さすがの僕も切れ掛かったのだ。

「僕はこの話を、同じ案件の話を、今年4月にもしているのに、まだ同じことを、また半年前と同じ議論を繰り返すのか！」

結論から言えば「地域のカラーを打ち出すのに、公平になんていってるうちはまず無理だ」ということだ。

全国でも珍しい事例を作る作業に「他の団体と同じ扱い」していて「他の団体と違う扱いをすると不公平だから困る」ということでは、そこに新しい取り組みが生まれるはずがない。

奇抜で抜き出ているからオリジナルでオンリーワンなのだ。

ああ、なのに……このマチは、このシマは、このクニのリーダー達はまだ幼い、幼すぎる。否！危機感が無さ過ぎる。

ゴメン！あえて言う。八つ当たりかも知れない、このボヤキ。

言い続ける。叫び続ける。動き続ける。

何も変わらない状況に辟易して席を立つ。

高い空を仰いで独り言、

「……大丈夫。

こんなことで歩みは止めない。

ただ、僕は

前に進むだけだ。

先に進むだけだ」

外に出たら遠くで雷の音がした。

青年会
青年

喜屋武

# 歩み　A Step Forward

このシマが自立したシマになるためにいま一番必要なことは一体なんだろう。

少し熱っぽい身体、少し和らいだ右肩の痛みを遠く感じながら僕は考えた。

ある本土の著名な方は言った。

「沖縄の自立は、所詮、自分達で考えて、自分達で行動するしかない！」

全く言うとおりだ。実は、このシマの人は、あまり自分では考えない。なのに、人の意見にはやたらと批判する。批評家の集まりのようなシマだ。

以前このシマの知事を体験したことのある識者も言っていた。

「このシマの人は、自分達で（自分達を）批判する風潮がある」

確かに、自分達で考えて自分達で判断し、行動することは難しい。

自分のチームでさえもそう感じるのだから、これが、県や国の単位ならなおさらだ。一筋縄ではいかない課題に向き合うだけ馬鹿なのか？

答えなき、自問自答の夜がまた更ける。キキッと右の肩が鈍く、小さくまたきしんだ。眉間にしわが寄った。


ある日。かかえていた、大きな舞台が終わった。心身ともに疲弊しきった僕は、こっそりとこのシマを一人はなれた。

乗った飛行機のシートで気になった後ろポケットのカタマリは、折りたたまれた「小さな手紙」。

ふと思い出した。昨日、舞台が終了した見送りのときに、小さな阿麻和利《あまわり》の格好をした少年からもらったラブレターだ。

破ったノートにびっっしりと書かれた、たどたどしい平仮名だらけの、だけどしっかりとした太い鉛筆の文字。

ひらたたいちセンセイ
きょうわゆんぐとぅおどら
せてくれてほんとーに
ありがとう。ぼくわ

あまわりがだいすきです
ちゅーこうせいになったら
あまわりやります。
あまわりのやくをやり
ます。よこぶえもひら
たたいちセンセイみた
いにふきたいです。
ぼうのおどりもだいす
きです。

手紙を渡す際の真っ直ぐでストレートな少年の眼差しを思い出す。

僕の胸に小さな「灯火」が点った。

シートに身体を預けて独り言を呟く。

「だから僕は、可能性を見出したいのか……」


くだんの識者はこうも言った。

このシマが自立するために必要なこと。

「批評家にならず、批判せず、自分の意見を具体的な行動で示すこと」

そして、

「好きなことを見つけて、一生懸命やってみること」

「このシマに合っていることを見つけ、このシマの特殊性をクローズアップすること」

この識者の座右の銘は「我意外、皆わが師」。
胸に響く言葉だった。

やっぱり
この「歩み」は止められない。

# 僕がまずは！「新しい島人」の一人目を目指すのだ！

Here I declare!
I aim to be
the first “new island man”.

## 沖縄よ何処へ

Okinawa, Where Are You Going?

昭和3年（1928年）。初の海外講演会が開催された伊波普猷のハワイでの講演会は如何なるものであったのか！当時の講演会の資料を手に入れて一気に読んでみた。資料とはその講演会の内容を冊子にした一冊の本。タイトルもずばり！「沖縄よ何処《いずこ》へ」である。

「私は琉球処分は一種の奴隷解放だと思っている。ところが、三百年間奴隷制度に馴致された琉球人は折角自由の身になったのに、将来の生活が如何に成行くかを憂いて、泣き悲しんだということである。彼らもまた、一旦解放された小鳥が、長い間その自由を束縛していた籠を慕って

帰ってくるように、三百年間彼らの自由を
束縛していた旧制度を慕って、その回復を
希うて已まなかったのである」

（「沖縄よ何処へ」伊波普猷著／世界社版）

その当時の社会状況的におかれる「沖縄」が微妙な立ち位置にあることを知りつつも敢えて！　彼は叫ぶ。

「沖縄人よ自らの精神の解放を自らの手で促せよ！」

伊波普猷のそのメッセージが実は「島人」「沖縄人」に向けられて強烈に発せられていることに僕は驚きと同時に不思議に頷いてしまう。

80年前の文章なのに今、読んでも色あせない感覚があるのは何故だろう！

哀しいほどこのシマの精神の根っこは今も！　変わっていないのかもしれない。

基地に泣きながら基地を手放せず、補助金に依存しながら自らの土地の「宝」には気がつかず、息子や娘を、やたらと皆「公務員」にしたがるこのシマの人の体質は

「この島を背負って立つ！」

如き人種は生まれて来ないいんじゃないかと強烈に思うのだ。

本土資本の会社や企業、人物をも、心中穏やかでなく敵視する傾向性もあると聞くがこれ全て「自身の自信の無さ」の現れである。生まれたシマへの自信の無さからくる異なるものへの「不信感」の現れであると思うのだ。

伊波普猷は云う。


「実際のところをいえば、島津氏の琉球入りよりも廃藩置県よりも、もっと致命的のものである。

それにも拘わらず、六十万県民は、今なお惰眠を貪りその政治家たちは、党争に日もこれ足らないという有様である。悲惨窮まること言わなければならぬ。

彼らは当然いわゆる『御手入れ処分』を受くべく運命づけられているのである」


「御手入れ処分」とは、自分ではどうすることも出来なくなった案件を政府がしゃしゃり出てきて整理することを言うものであるらしい。もの云わぬシマの慟哭が聞こえてくる。

果たして僕たちはこの「シマの人」だと言い切って良いのだろうか？このシマはそれを認めてくれているのだろうか？

突然の雨と風が吹く那覇のマチの揺れる街灯を眺めながら、小さな僕の大きな決意。


僕がまずは！「新しい島人」の一人目を目指すのだ！

# 咆哮　Howl

月に吼える。
獅子、大地踏みしめて。
光る風に舞うが如く。
宙《そら》に向かって獅子
「時代」への咆哮《ほうこう》を放て。

今の沖縄に、今のこの国に感じるんだ「危機感」。
「島人よ、近ごろお前は、その生き方が、小さくなっていない
か？」
800校近い学校を公演して気がついた。
踊らない先生の多いこと！威張る先生の多いこと！
恫喝《どうかつ》が全てだと思い込んでいる先生の多いこと！

テレビの中。
司会のお笑い芸人に頭を叩かれニヤニヤ笑う「音楽家」達。
誰の為の歌か不在のまま「愛」を歌う「シゴト」。
来年には、忘れられていく「うた」を不本意に謳いあげる「シゴト」。
ドラマの舞台となった島がモテハヤサレル時代だ。
テレビに取り上げられた「モノ」に人が群がり
「モノ」の良し悪しに関係なく誰かの感覚に同調していく
安易な流れに人が群がる時代だ。

嗚呼！
現代《いま》と言う「時代」に疑問を感じず
胡座《あぐら》をかいている「若きおきなわ」よ。
座したその基《した》にあるのは「古の島人たち」が、
先人達が築き上げてきた「魂の軌跡」！
我等はその上にただ、現世《いま》を生きているだけだ。

嗚呼！
古の島人のような「生命力」が欲しい！
自問自答の夜、繰り返される夜の、夜の底。
心の暗雲、眠れずに、明け方まだ暗い島の道。
強く吹く北風に向かって、ゆっくりと歩く。
西の空に大きな丸い月、その前を低い雲が駆け抜けて行く。

電線がひゅうッと鳴き、キビ畑にざらざらッと風が吹き抜け
僕の中の黒い雲を吹き飛ばし、蹴散らしていく。

僕にとって「文化」は癒しではない！
趣味ではない。余暇ではない。
心が奮えるが如くの「檄文」でその人の心を「変化」させる
まさに「文で化する力」なのだ。
情熱のマグマ滔々と流れる大河を渡る、
大いなる精神《こころ》の旅のド真ん中に立つ勢いそのままに！
独り月に吼える！

この旅の終わりは、新しき道の始まり。
新たな終わりと、古きモノの始まりの瞬間《とき》。
島人よ！ダイナミックに生きよ。
もっと、もっと、雄々しく生きよ。
あの鷲の如く、海を渡る蝶の如く。
新たな夢の産声に吼えるあの獅子の如く！

# 揺れながらそれでも
# 歩き続ける僕のこころ

Still swaying,
but my mind will keep on
walking.

島人元朝
Island Man Renaissance

光り眩しい海に立ち、僕は風に向かって小さく呟く。
「風よ、今年の僕はいったい、何を使命と生きればいいのか？」

このシマに吹く時代の風は特に厳しい。

基地の移転問題と跡地利用のコト
働きたくても働けない人と、働く意欲の湧かない人のコト
大人と子どもの距離感が難しい、教育現場での苦悶のコト
環境問題を含めたシマの開発とヒトの利害のコト
否！
家族や、同僚や、団体や、地域という
小さな社会でさえもヒト同士の「諍《あらそ》い」が絶えない現実に！

僕は暗澹とした思索の迷路に迷い込み
自分の中の「ココロの地図」を、見失ってしまいそうになるんだ。
自分の無力さに愕然とするんだ。
自分の力の無さに気持ちが萎えていくんだ。
小さな問題さえも解決出来ないこの自分に
このシマの、この世界のコトを語る資格なんてあるのか！

語る夢も力なく、コトバ数も少なくなり、やがて空回り
ただの妄語《もうご》に感じられ、闇の底に堕ちて行く。

自問自答の日が続く。
僕は、何が出来るというのだろう。
一人の「島人」として何をすればいいのだろう。
組織の代表として何を決断すればいいのだろう。

出来れば、年越しを待たずに何らかの
「答え」を見出したかったのに無常にも朝は明けた。
遠慮なく、新しき年明けがやって来た。

元日の朝。
道は未だ見えない。

「揺れながらそれでも
歩き続ける僕のこころ」

大切なことは考え続けること
歩き続けること
道を求《こたえ》めて
歩き続けるコト

ふと、気づいたら栈橋にいた。
光り眩しい海を目を細め眺めていた。

「爪の先の痛みは体中の痛み。
小さな痛みの回復が世界中の痛みをなくす」

遠くから風が答えてくれた。
僕はどんなに苦しくっても
この「時代」を正面から見据えなければならない。
例え一人になってもこの「時代」と向かいあい格闘する。
周りにどう見られても、この生き様をさらしながら。

「島人元朝」
「しまんちゅルネッサンス」
それが僕の「使命」なんだ。

結

# 三拝云

Give Thanks and Praise to You All

# 平田大一より from HIRATA Daiichi

「毎週1回、1年間、自分の想いと格闘してみるか……」
この企画が持ち上がったとき、僕はまるで修行に挑むが如くの意気込みで引き受けた。毎週の締め切りが、辛くなかったといえば嘘になる。でも、かなりのペースで台本に追われ、果てなき企画書作成に追い立てられ、時に人間関係に振り回されながらも、毎日を駆け足で生きている僕にとって、「シマと対話」するこの瞬間は何にも代えがたい自身の根っこを考える大きなきっかけになった。こうして、写真と一緒に並ぶ文章を見て、あらためて書き綴った思考の足跡を辿ってみると不思議な清々しさを感じる。時に迷い、時に怒り、時に吼えながらも。……もしかすると、純粋な怒りは、夢と情熱のエネルギーに成り得るのかもしれない、と思った。

こころよく寄稿文を書いてくれた「宮沢和史」氏、英訳を担当してくれた「山本安見」さん、編集をアドバイスしてくれた「新城和博」氏、ブログ掲載に多大な理解を示してくれた「てぃーだブログ」の皆さん、そしてなにより共にこの気が遠くなる編集作業を根気強く進めてくれた「桑村ヒロシ」に心から感謝を申し上げたい。

「しかいっとから三拝云《みーはいゆー》」

# 桑村ヒロシより

from KUWAMURA hiroshi

2007年11月8日より、南島詩人・平田大一氏の綴るコトバと1枚の写真がコラボレーションした「シマとの対話」が、沖縄県産ブログポータルサイト・てぃーだブログの公式ウェブマガジン「ryuQ」(http://ryuq.ti-da.net/)で連載開始。それと同時に平田大一公式ブログのほうでも連載がスタートしました。

連載最初の年は、毎週水曜日の零時に掲載。多忙を極める平田氏から送られてくる原稿は、各地の空港や出張先からだったり、時には海外のハワイから送られてくることもありました。そのようなスリリングな状況にありながら、一度も欠かす事なく、毎週1話ずつ書き下ろしてくださいました。

エピソードといえば、締切期限ぎりぎりで文章と写真が揃うことも多々ありました。もちろん、どういう内容の原稿が届くかは直前までわかりません。毎週毎、心のままに撮った写真が、締切寸前に頂いた文章とぴったりと一致することが何度もあり、魂を奮わせる共演をさせて頂きました。

今回は書籍化するということで、じっくりと写真を選び直し、レイアウトまで直接担当させて頂きました。平田大一氏の発する檄文にはモノクロ写真で力強く迫まり、撮り下ろしの写真も追加し、出版化へのリクエストを頂いていた写真も含め、この度、入魂の一冊となりました。ぜひ、皆様へお贈りさせていただきたいと思います。

# 「シマとの対話」へ向けて

For "Dialogue with Ryukyu"

宮沢和史
from MIYAZAWA Kazufumi

本州の中部地方に位置する山梨県甲府市。周囲を360度山に囲まれた甲府盆地。大昔、そこは巨大な湖だったという。そこが僕の故郷……。僕らは真っ平らな盆地に立ちつくし、周りの顔色を伺いながら日々背比べをして育った。それはそれは目立ったものだ。そこから飛び出す者がいれば、それはそれは目立ったものだ。そこから出て行くしかなかった。夢を語る者も目立った。彼らは都会へ出て行った。声の大きい者もしかり、山を越えて行くか、はたまた、政治家になるか……。我が身が従属するその場所に閉鎖性を見、閉塞感を味わって育った。そこは「シマ」だった。

僕は声がでかく、夢を語る者だった。高校を卒業すると同時に東京に移り住み、今年で25年。沖縄を始め、日本全国、さらには、日本を離れ、海外の多くの町でも歌を歌ってきた。そして、地球の裏側、ブラジルまで辿り着いてようやく気がついた。どこもかしこも、そこは「シマ」なのだ。人は皆「シマ」で暮らす「シマの住民」なのだ。国籍や宗教、民族にとらわれず生きる者もいる。自分の意思ではなく、故郷を離れざるを得なかった者もいる。自らの選択で故郷を離れた者もいる。しかし、きっと人は皆「シマの住民」だ。閉塞感から逃れることなど出来るはずはない。

動物を罠でしとめ、毛皮を売り、肉を食べ暮らすトラッパーの一家がカナダにいる。彼らの家を中心に半径数百キロに隣人の民家は皆無だそうで、北海道にたった4人で暮らしているようなものだという。彼らは文明から、社会から逃れ、シマを捨て、森で自由を勝ち得た。閉塞感から脱出した。しかし、

「大自然」という社会性……というか、宇宙、もしくは、掟。その人間の力など及ぶべくもない「うねり」に身を投げ出さなければ生きていけない。それに従わなければ生きていけない。彼らは動物として、「シマ」に従属したのだ。

若い頃は国も宗教も民族も越え、人は兄弟のように暮らすことが出来ると信じていた。ジョン・レノンの「イマジン」の歌詞が大好きだった。いや！今でもあの歌を信じて疑わない。だが、僕はもう一度自分の「シマ」を見つめ直してみたい。もっと知りたい。そして、人に語ってあげたい。これから生まれて来る人たちに伝えていきたい。他の「シマビト」との違いに驚き、それを笑いもしたい。笑われもしたい。自分を語り、他を知ることでいつか、「シマ」がひとつになるかもしれない。ジョン・レノンのメッセージより、だいぶ遠回りな道のりになるだろうが……。

僕らは何かを所有しているのではない。「シマ」そして「チキュウ」に所有されているのだ。「生きる理由」も「死ぬ理由」も、本当はないのかもしれない。「シマ」そして「チキュウ」に生かされているのだけなのだから。人はそれを支配していると信じたいから、すべての物事に理由づけをしているにすぎない。意味を探して生きるのではなく、逃れられない運命と向き合い、うねりに身を委ねればいい。後世の人たちが意味を語ってくれるであろう。

平田君と出会って、20年近くになる。長い間お互い違うところを旅をしていて、どこかの道ばたでバッタリ出くわすこともなかった。2009年の今年、コザで再会した。「この先、同じ旅路を歩くかもしれないな……」そんな予感がした。

（ミュージシャン）

Profile


## 平田大一 HIRATA Daiichi

1968 年沖縄県小浜島生まれ。18 歳の時から「南島詩人」を名乗り、自作自演の詩朗読舞台「南島詩人一人舞台」で独自の世界観を確立。シマで砂糖キビを育てながら宿屋を営む傍ら、舞台活動も積極的に展開。2000 年に子ども達による「現代版組踊・肝高の阿麻和利」を演出したことをきっかけに多くの舞台を手がけ、県内外から好評を博す。その後、文化施設「きむたかホール」初代館長、那覇市芸術監督、一般社団法人タオファクトリーの代表理事などを務める。今、沖縄で最も注目される、行動する詩人、若き演出家として絶大な支持を集めている。

## 桑村ヒロシ KUWAMURA Hiroshi

1968 年生まれ、五島福江島出身。編集制作プロダクション・(有) イコノグローブを主宰し、デザイン制作・写真撮影・編集執筆までマルチに活動中。現在、沖縄県産ブログ「てぃーだブログ」の公式 WEB マガジン「ｒｙｕＱ《リュウキュウ》」の編集人。
http://ryuq.ti-da.net/


Dialogue with Ryukyu

# シマとの対話【琉球メッセージ】


発行日　2009 年 7 月 31 日

著　者　平田大一　桑村ヒロシ

発行者　宮城正勝

発行所　( 有 ) ボーダーインク
沖縄県那覇市与儀 226-3
http://www.borderink.com
tel:098-835-2777 fax:098-835-2840

印刷所　( 有 ) でいご印刷

ISBN978-4-89982-163-2 C0095



printed in OKINAWA Japan
定価はカバーに表示しています。